Antropologia Ecológica

Walter Neves

Antropologia Ecológica

Um olhar materialista sobre as sociedades humanas

São Paulo
2024

2ª Edição, Cortez Editora, São Paulo 2002
3ª Edição, Editora Gaia, São Paulo 2024

Jefferson L. Alves – diretor editorial
Richard A. Alves – diretor geral
Flávio Samuel – gerente de produção
Judith Nuria Maida – coordenadora da Série Walter Neves
Araquém Alcântara – foto de capa
Equipe Editora Gaia – produção editorial e gráfica

Na Editora Gaia, publicamos livros que refletem nossas ideias e valores: Desenvolvimento humano / Educação e Meio Ambiente / Esporte / Aventura / Fotografia / Gastronomia / Saúde / Alimentação e Literatura infantil.

Em respeito ao meio ambiente, as folhas deste livro foram produzidas com fibras obtidas de árvore de florestas plantadas, com origem certificada.

Dados Internacionais de Catalogação na Publicação (CIP)
(Câmara Brasileira do Livro, SP, Brasil)

Neves, Walter
Antropologia Ecológica : um olhar materialista sobre as sociedades humanas / Walter Neves. – 3. ed. – São Paulo : Editora Gaia, 2024. – (Série Walter Neves)

ISBN 978-65-86223-49-1

1. Etnologia 2. Ecologia humana I. Título. II. Série.

24-189245 CDD-304.2

Índices para catálogo sistemático:

1. Ecologia humana 304.2

Aline Graziele Benitez - Bibliotecária - CRB-1/3129

Obra atualizada conforme o
NOVO ACORDO ORTOGRÁFICO DA LÍNGUA PORTUGUESA

Editora Gaia Ltda.
Rua Pirapitingui, 111-A – Liberdade
CEP 01508-020 – São Paulo – SP
Tel.: (11) 3277-7999
e-mail: gaia@editoragaia.com.br

grupoeditorialglobal.com.br

/editoragaia

/editoragaia

@editora_gaia

blog.grupoeditorialglobal.com.br

Nº de Catálogo: **4616**

Dedico este livro
a uma ex-professora, Renate Viertler,
e a um ex-aluno, Rui Murrieta.

"O problema fundamental da Antropologia é que
lidamos com uma espécie que vive em termos de
significado em meio a um universo intrinsecamente
destituído de qualquer significado e completamente
controlado por leis físicas."

Roy Rappaport (1990)

Sumário

Agradecimentos

A elaboração deste livro foi possibilitada pela minha permanência no Departamento de Antropologia da Universidade de São Paulo (USP), em programa de pós-doutorado, entre março de 1991 e julho de 1992, graças ao suporte financeiro do Conselho Nacional de Desenvolvimento Científico e Tecnológico (CNPq) e do Museu Paraense Emílio Goeldi. Agradeço às três instituições pelo apoio recebido. O processo de definição de seu conteúdo foi beneficiado por um curso de pós-graduação que ministrei no Departamento de Antropologia da USP, no primeiro semestre de 1992 e, em dezembro do mesmo ano, de forma concentrada, no Programa de Pós-Graduação em Antropologia da Universidade Federal de Santa Catarina (UFSC). Discutir o processo de construção teórica da Antropologia Ecológica com os alunos que frequentaram ambos os cursos foi de especial importância para que eu me sentisse estimulado a escrever este livro e, por essa razão, sou extremamente grato a todos eles. Durante os dias em que preparei o manuscrito, em Florianópolis e em São Paulo, contei com o apoio material, acadêmico e afetivo de várias pessoas, a quem gostaria de agradecer. Entre elas quero destacar os nomes de Dennis Werner, Chandal Meirelles Nasser, Cristina Bruno, Rosely Alvim Sanches e, por último, mas não menos importante, Francisco Forlenza Filho e Otávio A. Winck Nunes.

Prefácio à terceira edição

A publicação do livro *Antropologia Ecológica* por Walter Neves, em 1996, representou no Brasil um marco na construção da área de pesquisa interdisciplinar situada na interface entre a Antropologia e a Ecologia, que podemos denominar genericamente de Antropologia Ambiental ou Ecologia Humana, embora tanto um campo quanto o outro abarquem abordagens distintas. Em conjunto com o livro *Ecologia Cultural*, de Renate Viertler (1988), as obras representam as primeiras iniciativas para trazer ao leitor acadêmico, em língua portuguesa e no período pré-PDF, uma introdução à contribuição do pensamento materialista/evolucionista da Antropologia (principalmente americana) para a compreensão dos fenômenos que hoje denominamos de socioecológicos ou socioambientais. Tendo sido aluna de Walter Neves na disciplina que ministrou no Departamento de Antropologia da USP em 1992, e que inspirou o livro, fui testemunha em primeira mão dos acalorados debates que se travavam em sala de aula entre as perspectivas materialista e ideacionista de investigação das sociedades humanas, esta última hegemônica na Antropologia Social brasileira, à época.

Como fica claro na obra, o campo da Antropologia Ecológica foi sendo construído nos EUA a partir do trabalho seminal de Julian Steward e Leslie White, teve uma fase de grande aproximação com a Ecologia de Sistemas (desconhecida pelos ecólogos brasileiros), e a partir da década de 1970 foi se diversificando em linhas e abordagens distintas para conseguir lidar com as acentuadas mudanças e problemas ambientais que se interpunham nas relações sociedade-meio ambiente durante a grande aceleração do Antropoceno. A publicação do livro *Antropologia Ecológica* ocorreu exatamente nesse período, poucos anos após a realização do Fórum Global na Eco-92 e da aprovação da Constituição cidadã de 1988, marcos históricos para a área socioambiental no Brasil.

Na academia brasileira, os anos 1990 foram marcados pelo início da valorização dos conhecimentos de povos indígenas e tradicionais e pela criação dos primeiros programas de pós-graduação interdisciplinares socioambientais, que começaram a formar uma nova geração de pesquisadores nas áreas de Ecologia Humana, Etnobiologia, Manejo de Recursos Naturais e Antropologia Ambiental, influenciados pela perspectiva materialista abordada neste livro. É interessante observar, no caso do Brasil, que essas abordagens surgidas no campo da Antropologia americana atraíram (e ainda atraem) mais adeptos do campo das Ciências Biológicas, do que da Antropologia.

Desde então, os avanços na pesquisa socioambiental têm acompanhado a complexificação dos problemas ambientais induzidos pela globalização econômica e financeira, pelo crescimento do protagonismo dos povos indígenas e tradicionais no debate político, e pela materialização das crises climática e da biodiversidade. Embora a amplitude contemporânea do campo de pesquisa da Antropologia Ambiental/Ecologia Humana resulte numa diversidade conceitual e de abordagens que por vezes confunde os iniciantes (por exemplo, Ecologia Política, Ecologia Histórica, Etnobiologia, Análise Institucional e Recursos Comuns – Commons), essa riqueza é, na verdade, um trunfo para a investigação das relações socioambientais em um mundo complexo e diversificado como o atual.

Assim, a publicação de uma nova edição deste livro como parte da Série Walter Neves é uma notícia alvissareira e deve ser comemorada.

Cristina Adams
Professora Associada
Universidade de São Paulo
São Paulo, janeiro de 2023.

Apresentação

Nada melhor do que receber a incumbência de apresentar este livro instigante e bem escrito de um amigo querido, para mim cada vez mais professor e menos ex-aluno... A ordenação inteligente, a redação concisa e o estilo elegante tornam a leitura amena e, ao mesmo tempo, didática, principalmente para o leitor pouco familiarizado com o assunto.

Walter nos apresenta as principais tendências da Antropologia Ecológica, um "olhar materialista sobre as sociedades humanas", pondo-nos a par dos seus pressupostos teóricos e metodológicos, bem como dos seus desfechos como ferramentas de pesquisa.

O presente livro permite ao leitor acompanhar de perto a polêmica científica instaurada por tais tendências, geralmente desconhecida ou desconsiderada pela crítica fácil.

É interessante notar que a Antropologia Ecológica tem sido e continua sendo vista com falta de objetividade científica e desconfiança pelos cientistas sociais brasileiros em nome de um reducionismo "materialista"; opinião facilmente criticável em nome do seu próprio reducionismo "ideacionista".

É fato que a polêmica dos adeptos da Antropologia Ecológica desabrochou de tal forma a tornar evidente o empenho por uma crescente objetividade e o abandono gradativo de conceitos consagrados pela Antropologia e pela Ecologia clássicas.

Assim, exatamente porque foram pouco reducionistas e obsessivos, os adeptos da Antropologia Ecológica lograram abrir mão de conceitos consagrados, tais como "cultura", "ecossistema", "equilíbrio autossustentável" etc.

E não é esse exatamente o pressuposto de qualquer conhecimento que se proponha como científico?

Na verdade, no Brasil, tem-se a expectativa de que a Antropologia deva ser antes um conhecimento de tipo interpretativo do que científico. Essa tendência se expressa pela carência de trabalhos de cunho comparativo visando generalizações ou mesmo aspectos mais universais de cultura que, em nosso meio, são tratados apenas por alguns poucos psicólogos, etólogos, linguistas e paleontólogos.

Paradoxalmente, florescem no Brasil "estudos ambientais" raramente fundamentados em metodologias de trabalho apropriadas, na maioria das vezes, uma nova roupagem para velhas posturas na investigação e interpretação.

Em suma, é notória a falta de informação e de formação em Antropologia Ecológica por parte da maioria dos pesquisadores dos problemas ambientais em nosso país, motivo pelo qual é extremamente bem-vinda a publicação deste livro que, provavelmente, germinará atiçando novos leitores para novas discussões.

Não seria grave o incômodo e a contundência da polêmica entre os lados, mas sim a ausência dela em nosso meio acadêmico.

Renate Viertler

1

O que é Antropologia Ecológica?

A "Antropologia da Barriga" e a "Antropologia da Pensée"

De uma forma geral, pode-se dizer que, a partir da década de 1960, a investigação antropológica definiu-se em dois eixos principais: um primeiro, dedicado ao estudo das bases materiais de sustentação das sociedades humanas e do reflexo dessas em outras dimensões socioculturais; e um segundo, dedicado ao estudo da mente humana, de sua capacidade simbólica e de suas formas de representação.

O primeiro eixo tem sido, de forma genérica, identificado como o pensamento materialista (evolucionista) na Antropologia, enquanto o segundo tem sido identificado como o pensamento ideacional ou mentalista. Tenho me referido a esses dois eixos, respectivamente, de maneira informal, com os meus alunos, como a "Antropologia da Barriga" e a "Antropologia da Pensée" (este último termo emprestado de Lévi-Strauss).

O fato de a Antropologia moderna ter-se definido nesses dois grandes eixos principais não significa que não haja grandes divergências entre diferentes escolas dentro de cada eixo. Tampouco significa que esses dois eixos convivam pacificamente. Uma leitura superficial da literatura antropológica mundial nas últimas três décadas é suficiente para mostrar que materialistas e ideacionistas gastaram, até o momento, grande parte de seu tempo e energia digladiando-se entre si, na tentativa de legitimar uma ou outra abordagem como instrumento absoluto de explanação do fenômeno antropológico.

De forma sintética, pode-se dizer que os materialistas, implícita ou explicitamente, assumem que as bases materiais das sociedades humanas influenciam, condicionam, ou até mesmo determinam as outras dimensões do sistema sociocultural. Já os ideacionistas rejeitam completamente a primazia das bases materiais, defendendo, com unhas e dentes, a posição de que as formas de organização social e as formas de expressão simbólica têm vida própria, que não são nem moldadas, nem afetadas pelas bases materiais a elas subjacentes. Nas palavras de Marshall Sahlins: a cultura não pode ser reduzida à razão prática. Alguns desses ideacionistas, os interpretativistas, chegam mesmo a renunciar a uma leitura racional da cultura, restringindo-se apenas à sua leitura semiótica. Para estes, o máximo que a Antropologia pode almejar é uma análise de significado, jamais uma análise de causa e efeito.

Graças a uns poucos teóricos iluminados, que não se deixaram levar pela emoção desse debate que por vezes comprometeu a própria elegância acadêmica, sabemos hoje que grande parte das discordâncias entre materialistas e ideacionistas resultou e segue resultando do ecletismo embutido no conceito de cultura adotado por ambas as escolas.

Desde que a Antropologia se firmou como disciplina no final do século, os diferentes antropólogos que se sucederam na liderança dessa disciplina esforçaram-se tremendamente para formular um conceito de cultura cada vez mais inclusivo. Não vou aqui revisar esses conceitos; basta lembrar que a maioria deles engloba coisas tão díspares como tecnologia, comportamento e expressão simbólica. Para os interesses deste livro, é suficiente ressaltar que foi somente a partir da década de 1970 que descobrimos que o ecletismo dos distintos conceitos de cultura tinha levado a Antropologia a albergar sob um mesmo conceito fenômenos ontologicamente distintos. Precisávamos de um conceito de cultura menos inclusivo, mas com uma força explanatória maior. É bem provável, portanto, que as diferenças entre materialistas e ideacionistas advenham simplesmente do fato de que essas duas vertentes do pensamento antropológico estejam atacando e explicando fenômenos antropológicos completamente distintos, mas que inadvertidamente foram englobados sob um mesmo rótulo, o da cultura. Se os materialistas estão interessados em compreender a racionalidade por trás do comportamento observável humano, os ideacionistas estão interessados em interpretar um texto arbitrário, qual seja, o da representação simbólica desse comportamento.

O fato de o comportamento observável ser passível de uma análise racional não nos autoriza a tanger o universo das representações simbólicas com as mesmas assunções epistemológicas que essa racionalidade implica. Mas também é verdadeiro o fato de que a irracionalidade das formas de representação simbólica não nos autoriza a rejeitar automaticamente uma análise racional de outros elementos do sistema sociocultural.

Em outras palavras, as principais discordâncias entre materialistas e ideacionistas (ou simbolistas) são perfeitamente solucionáveis se abdicarmos do conceito estratigráfico de cultura, em que a infraestrutura, a estrutura e a superestrutura devem guardar uma relação perfeitamente integrada e de causalidade (seja da infra com referência à super, seja o contrário), e se adotarmos a ideia de que as bases materiais e os sistemas simbólicos das sociedades humanas têm determinantes próprios e são sistemas ontologicamente distintos, o que dá a eles a propriedade da autonomia: não se expressam necessariamente de forma covariada.

Adotando a proposta de Keesing (1974), antropólogo australiano que vem se dedicando como poucos à teoria antropológica, assumirei neste livro que o objeto de análise dos materialistas é o sistema sociocultural, ao passo que o objeto de análise dos ideacionistas é o sistema cultural. O primeiro pode e deve ser estudado como um sistema adaptativo, sob um olhar evolucionista. O segundo deve ser tratado como um sistema ideacional (cognitivo, estrutural ou simbólico), intangível ao olhar racional evolutivo.

Muitas vezes neste livro vou utilizar ambos os termos de forma indiferenciada. Todas as vezes que o fizer significa que os autores ou o período que está sendo analisado não os diferenciava. Como disse anteriormente, esta distinção é muito recente na Antropologia, e grande parte da história da Antropologia Ecológica situa-se antes dela. Vou, também, substituir o termo sistema sociocultural de Keesing (1974) por sistema sociocomportamental, passando o primeiro a se referir a ambos, tanto o sistema sociocomportamental, quanto o sistema sociocultural.

Alguns poderão dizer que estou, logo de saída, construindo minhas bases sobre um paradoxo. Como as sociedades humanas podem ter se viabilizado no tempo a partir de dois sistemas ontologicamente distintos? Como tal convivência é viabilizada? A Antropologia ainda não tem respostas a essas perguntas, e creio firmemente que respondê-las é a maior tarefa de nossa disciplina durante a década de 1990. Tudo parece indicar que, não obstante esses dois sistemas serem ontologicamente independentes, deve haver uma área de sobreposição entre ambos. Mas ainda não sabemos a extensão dessa área e nem como as possíveis incongruências são ali resolvidas. Não temos uma teoria para essa região do fenômeno antropológico. Essa é a resposta mais honesta que posso dar neste momento.

O conceito de Antropologia Ecológica

A Antropologia Ecológica pode ser definida como o estudo das relações entre dinâmica populacional, organização social e cultura das sociedades humanas e o meio ambiente[1] nos quais elas estão inseridas.

Assim definida, a Antropologia Ecológica é eminentemente um exame materialista das sociedades humanas, e como tal apresenta mais afinidades com as Ciências Biológicas e com outras escolas materialistas dentro das Ciências Sociais, como por exemplo o marxismo estrutural, do que com outras escolas antropológicas.

Muitos autores a sinonimizam à Ecologia Cultural de Julián Steward. Entretanto, tal sinonimização é perigosa, já que a Ecologia

1 De modo geral, meio ambiente pode ser entendido como qualquer elemento externo ao objeto de análise (por exemplo, um organismo ou uma população) que pode influenciar sua função ou atividade. Neste livro, o termo é utilizado mais como o meio natural onde as sociedades estão inseridas.

Cultural corresponde simplesmente a uma das fases pelas quais a Antropologia Ecológica passou. O pensamento ecológico-evolutivo na Antropologia é mais amplo do que aquele abrangido pela Ecologia Cultural, e o termo Antropologia Ecológica é mais adequado para abranger todas as vertentes da disciplina. Outros a sinonimizam à Ecologia Humana. Também há grande perigo nessa sinonimização. Primeiramente, porque a Ecologia Humana se refere a uma das vertentes do pensamento ecológico-evolutivo na Antropologia: aquela que assume a comunidade como unidade de análise, tal como as demais ecologias (outras correntes admitem a cultura ou a sociedade mais ampla como unidade). Segundo, porque fora dos Estados Unidos, e notadamente em alguns países da Europa Ocidental, o termo Ecologia Humana tem sido empregado quase que num sentido sanitarista, de saúde pública. E, conceituada dessa forma, a Ecologia Humana está longe de fazer qualquer contribuição efetiva para o crescimento teórico-epistemológico da Antropologia.

Breve histórico da construção teórica em Antropologia Ecológica

O desenvolvimento da Antropologia Ecológica pode ser caracterizado por três estágios sucessivos, sendo que cada estágio se caracteriza mais por uma reação ao anterior do que propriamente por uma mera adição.

O primeiro estágio caracteriza-se pela retomada do evolucionismo na Antropologia e pela demonstração de que no meio ambiente ele deve ser reconhecido como um fator gerador do processo cultural, e não apenas como fator limitante ao desenvolvimento cultural. Ele está intimamente ligado às reflexões de dois grandes pioneiros:

Leslie White e Julian Steward. Localiza-se, temporalmente, nas décadas de 1940 e 1950.

O segundo estágio caracteriza-se por dois grupos de autores, cuja definição ocorreu, aproximadamente, na década de 1960: os neoevolucionistas e os neofuncionalistas. Aqueles assumem que tanto White quanto Steward estavam corretos e que era necessário fazer uma ponte entre o evolucionismo universal do primeiro e o adaptativismo local do segundo. Já os neofuncionalistas caracterizam-se por assumir que, de certa forma, tanto White quanto Steward estavam errados. Uma vez que o neoevolucionismo representa quase que uma continuidade do estágio anterior, ainda que tenha produzido uma gama surpreendente de novas informações sobre evolução social, vou restringir minha análise desse segundo período aos neofuncionalistas, pois foi por meio deles que o conceito de ecossistema[2] foi levado de forma explícita, pela primeira vez, para a Antropologia.

O terceiro estágio, iniciado na década de 1980, vai se caracterizar por uma crítica contundente aos modelos de equilíbrio homeostático defendidos pelos neofuncionalistas, ao incorporarem a visão ecossistêmica no estudo das populações humanas. Agora as palavras de ordem são: estratégias adaptativas, tomada de decisões, respostas a imprevistos ambientais, o papel do indivíduo, a importância dos fatores históricos, a necessidade de abordagens regionais. Representa, por assim dizer, uma retomada da agenda stewardiana, duas décadas mais madura.

---

2 Ecossistema deve ser entendido como o conjunto de plantas e animais que interagem juntos com o meio ambiente. Neste livro, será adotado o conceito de R. Rappaport, para o qual ecossistema é uma porção demarcada da biosfera que inclui organismos viventes e substâncias não viventes interagindo para produzir um fluxo sistemático de materiais entre os componentes vivos e entre estes e as substâncias não vivas.

2

Leslie White:

a restauração do pensamento evolutivo na Antropologia

Leslie White teve sua formação antropológica gerada dentro da escola boasiana do particularismo histórico, fato este que vai também caracterizar a formação de Julian Steward, como veremos no capítulo subsequente. Sua formação boasiana pode ser atestada pela simples menção de que na Universidade de Chicago, onde obteve seu treinamento antropológico básico, foi aluno de dois eminentes discípulos de Franz Boas: Fay Cooper Cole e Edward Sapir. Poucos antropólogos lembram-se de que a gênese de sua disciplina se deu graças a uma forte reação ao evolucionismo do século XIX, que se expressou nos Estados Unidos na formação da escola do particularismo histórico e na Europa, especialmente na Inglaterra, na escola funcionalista. E muito poucos se lembram de que a retomada do pensamento evolutivo a partir da década de 1930 e 1940 nos Estados Unidos se deu dentro da escola do particularismo histórico, e não a partir do esforço de pensadores que estavam alheios à vanguarda do pensamento antropológico da época. Mas a rendição de Leslie White e de Julian Steward se deu por razões distintas, como ficará claro a partir da leitura dos capítulos 2 e 3 deste livro.

A base da conversão de Leslie White ao materialismo evolutivo se deu após uma viagem que realizou à União Soviética em 1929. Pareceu-lhe um paradoxo a Antropologia ter rejeitado o viés evolucionista para a compreensão das sociedades humanas quando, numa faixa expressiva do planeta, emergia uma doutrina de estado que bebia diretamente no pensamento materialista-evolucionista. Com isso estou querendo dizer que o contato de Leslie White, de sólida formação dentro do pensamento do particularismo histórico, com as ideias de Marx e Engels, levou-o a definir como missão, para quando de sua volta aos Estados Unidos, restaurar o evolucionismo na Antropologia. Para White (1949), rejeitar os evolucionistas do século XIX não deveria implicar, necessariamente, uma rejeição do pensamento evolucionista na Antropologia. Em outras palavras, ele define como missão a restauração da credibilidade do evolucionismo nas Ciências Sociais.

Preocupado em abordar o processo evolutivo cultural humano dentro de parâmetros mais objetivamente mensuráveis do que os empregados pelos evolucionistas do século XIX, White (1949) define como eixo central de sua análise da história humana dois parâmetros principais: energia e tecnologia. Aliás, dois parâmetros centrais em qualquer das análises materialistas que se seguirão ao seu tempo, embora, naturalmente, analisados sob nuances distintas da sua.

Creio ser necessário ressaltar que White, não obstante sugerir um olhar analítico evolutivo para o fenômeno antropológico, em nenhum momento se deixa levar por uma redução do cultural ao biológico. É possível, portanto, atribuir um eixo unilinear e monocausal ao pensamento de White, eixo este que analisarei de forma mais detida neste capítulo, mas jamais um eixo reducionista. Para White (1949), assim como para Steward (1955), como veremos no próximo capítulo, a análise evolutiva da cultura deveria ser efetuada com bases próprias, de forma absolutamente independente das bases teórico-metodológicas implicadas no evolucionismo biológico. White deixa clara a sua posição quando sugere o termo "culturologia", uma ciência própria da cultura. Mas, como operário da ciência, White está interessado em "explicar" a cultura: conhecer as relações de causa e efeito da mudança cultural. Tanto ele quanto Steward não se deixam levar pela falácia do historicismo de que "cultura vem de cultura". Para os historicistas, a mudança cultural ocorre num passado histórico não identificável, e por razões próprias à dinâmica interna da cultura. A tautologia desse raciocínio torturava intelectualmente White e Steward: para eles o particularismo histórico, com esse raciocínio tautologicamente inexpugnável, simplesmente não tangia a questão da mudança cultural. E para White, compreender como sociedades cada vez mais complexas foram sendo geradas ao longo da história

"Para White, compreender como sociedades cada vez mais complexas foram sendo geradas ao longo da história humana era mais do que simplesmente uma das questões substantivas da Antropologia, ela era o próprio objeto central da disciplina."

humana era mais do que simplesmente uma das questões substantivas da Antropologia, ela era o próprio objeto central da disciplina.

White não estava interessado, contudo, em remeter a evolução cultural às idiossincrasias dos processos locais de adaptação cultural. Ele se preocupa, sim, com aquilo que denomina de "Evolução Universal". Sua agenda é procurar por uma lei, ou por leis que pudessem explicar o fenômeno da complexificação social (cultural, para utilizar seus termos): fenômeno antropológico inegável para quem tem uma compreensão diacrônica e comparativa das sociedades humanas.

Mas White, não obstante ter encontrado essas leis, não incorre num erro frequentemente associado aos evolucionistas do século XIX: o fato de reconhecer estágios cada vez mais complexos nos tipos de sociedades, que a história humana gerou ao longo de milhões de anos, não o levou a assumir a inevitabilidade particular de cada cultura diante desses estágios. Em outras palavras, a geração dessas sociedades cada vez mais complexas remetia-se a um tempo histórico da humanidade como um todo. Isto não implicava necessariamente que cada sociedade em particular trilharia, inevitavelmente, o mesmo percurso, desde que lhe fosse dado tempo suficiente para tanto. Na verdade, White estava pouquíssimo interessado

> "Para White (1949), cultura é um sistema integrado formado por três subsistemas distintos: o tecnológico, o sociológico e o ideológico. Esses três subsistemas estão inter-relacionados e reagem mutuamente entre si. Mas a reação dessa interação mútua não é igual em todas as direções."

no destino histórico-evolutivo das sociedades em particular. Sua análise é um olhar evolutivo sobre a história humana universal.

Para White (1949), cultura é um sistema integrado formado por três subsistemas distintos: o tecnológico, o sociológico e o ideológico. Esses três subsistemas estão inter-relacionados e reagem mutuamente entre si. Mas a reação dessa interação mútua não é igual em todas as direções. Os papéis desempenhados por esses subsistemas no processo cultural não são de forma alguma iguais em importância. É o subsistema tecnológico que desempenha o papel mais importante: ele é ao mesmo tempo primário e básico em importância; toda a cultura e a vida humana repousam nele e dependem dele. Em outras palavras, tecnologia é para White a variável independente, enquanto o social e o ideológico são variáveis dependentes.

Dessa forma, White assume um conceito estratigráfico de cultura, no qual o mais básico estrato tecnológico determina a forma dos sistemas sociais, e ambos, de certa forma, determinam o conteúdo e a orientação filosófica. Para ele, existe um tipo de filosofia apropriada para cada tipo de tecnologia. O determinismo tecnológico é, portanto, um ponto central do pensamento de Leslie White, de onde ele conclui que dispunha de uma chave para a compreensão do crescimento e do desenvolvimento da cultura: a tecnologia.

Mas White lança também um olhar sobre o cosmos, o planeta, a vida, as outras formas de vida que não as humanas, e daí retira um outro elemento que lhe será central para compreender os sistemas culturais humanos: a observação de que tudo pode ser descrito em termos de fluxo de matéria e energia, e de que a vida pode ser resumida a uma luta pela captura de energia livre. Para ele, a cultura nada mais é do que a ferramenta utilizada pelo *Homo sapiens* para capturar e controlar a energia disponível nos sistemas e colocá-la a serviço das sociedades humanas.

Nas ideias de White (1949), o funcionamento da cultura como um todo baseia-se e é determinado pela quantidade de energia capturada e pela maneira como essa energia é transformada em trabalho. Dessa premissa, ele formula três fatores que permeiam qualquer sistema cultural: 1. a quantidade de energia capturada *per capita*, por ano; 2. a eficiência do sistema tecnológico com o qual a energia é capturada e colocada a serviço do trabalho; e 3. a magnitude de bens e serviços produzidos.

Dessas observações e formulações, White postula a lei básica da evolução cultural: mantendo-se outros fatores constantes, a cultura evolui à medida que a quantidade de energia capturada *per capita* por ano é aumentada, ou conforme a eficiência com que os meios instrumentais de utilização dessa energia no trabalho aumenta. Não excluindo a possibilidade de que ambos os fatores possam aumentar simultaneamente. Mas há uma diferença básica entre os dois fatores: a eficiência dos meios instrumentais não pode ultrapassar as limitações máximas das fontes de energia. De onde se conclui que o fator limitante definitivo para a evolução cultural é mesmo a quantidade de energia capturada pelos sistemas sociais humanos.

A partir desses postulados, White reescreve a história humana demonstrando que, a cada grande salto energético, correspondeu um salto de complexificação social. Sua argumentação é especialmente elegante no que concerne às consequências sociais e ideológicas de duas grandes inovações energéticas: o desenvolvimento da agricultura e da domesticação animal, no Neolítico, e a adoção dos combustíveis, em tempos históricos.

Os materialistas devem duas grandes coisas a White: primeiramente a coragem de ter tentado restaurar o pensamento evolucionista na Antropologia, que, a partir dele, jamais se apagou novamente, e em segundo lugar, o fato de ter inaugurado o pensamento energético que, direta ou indiretamente, continua até hoje presente nas abordagens antropológico-ecológicas, ainda que de maneira menos universal e mais refinada. A crítica principal que podemos hoje fazer ao pensamento de White no meio do século é que a correlação realmente existente entre complexidade social e energia não precisa necessariamente ser interpretada como uma relação de causa e efeito. É difícil distinguir entre duas possibilidades: a complexidade social exigiu novos patamares de captação energética, tendo estimulado o desenvolvimento tecnológico para isso, ou a descoberta de novas possibilidades de captação de energia é que estimulou o desenvolvimento social?

3

Julian Steward e o método da Ecologia Cultural

Assim como Leslie White, Steward teve sua formação antropológica absolutamente vinculada à escola do particularismo histórico, formação essa obtida na Universidade de Berkeley, sob a influência direta de Alfred Kroeber e Robert Lowie, discípulos diretos de Boas.

Se a conversão ao materialismo por parte de White se deu a partir de seu contato direto com o marxismo, na União Soviética, a de Steward foi predominantemente o resultado de seu contato com o geógrafo Carl Sauer. Foi o contato com a Geografia que o levou a se interessar pelo efeito do meio na cultura.

Embora Steward e White caracterizem-se por propor uma abordagem materialista para a compreensão do fenômeno cultural, há grandes diferenças entre ambos.

Primeiramente, é necessário ressaltar que White está interessado na evolução universal, ao passo que Steward está interessado em respostas adaptativas locais, de culturas específicas a ambientes específicos. Para ele, assim como para seus pares historicistas, também a leitura materialista devia se restringir, de início, a estudos de casos específicos, deixando a tarefa de elaboração de leis gerais para um segundo momento. Neste ponto, a influência da escola de Boas sobre Steward torna-se evidente.

Em segundo lugar, se White advoga um pensamento evolucionista monocausal e unilinear, Steward não assume *a priori* a direção da resposta adaptativa, e muito menos reduz essas respostas adaptativas culturais única e exclusivamente à questão energética. Em outras palavras, o evolucionismo de Steward é multilinear.

Para White (1949), o fenômeno antropológico a ser investigado é a história dos saltos energéticos; e a "culturologia", a ferramenta metodológica que permitirá, sozinha, atacar essa questão. Steward vê seu método da Ecologia Cultural como algo adicional às demais abordagens antropológicas. Não encara seu método como um instrumento absolutista de pesquisa e muito menos atribui a esta a capacidade de explicar todos os níveis da diferenciação e do comportamento cultural.

Mas, assim como White, Steward está interessado em "explicar" a cultura, ainda que em níveis distintos. A prioridade da agenda stewardiana é demonstrar que o meio ambiente pode funcionar como fator gerador no processo de mudança cultural.

Para que essa prioridade de Steward seja bem compreendida, torna-se necessário revisar, ainda que de forma muito sintética, a posição dos relativistas, ou seja, aquela que imperava à sua época, sobre a relação cultura *versus* meio ambiente.

Num primeiro momento, pode-se dizer que o historicismo exclui qualquer possibilidade de o meio ambiente interferir na mudança cultural. Para esses, "cultura vem de cultura" e o meio ambiente não desempenha qualquer papel no processo de diferenciação cultural. Esta diferenciação se dá por razões intrínsecas à própria cultura e, na prática, é sempre remetida a um tempo histórico remoto e intangível.

"Steward está interessado em "explicar" a cultura, ainda que em níveis distintos. A prioridade da agenda stewardiana é demonstrar que o meio ambiente pode funcionar como fator gerador no processo de mudança cultural."

Por razões alheias às suas próprias necessidades, os historicistas tiveram, num determinado momento, que elaborar sínteses sobre as etnias com as quais estavam trabalhando, notadamente nos Estados Unidos. Essas sínteses levaram à elaboração do que passou a ser conhecido classicamente na literatura antropológica por "áreas culturais", sendo as elaboradas por Kroeber, um historicista ferrenho, as mais importantes até o momento para a América do Norte. Alguns cientistas sociais e geógrafos perceberam que essas unidades culturais elaboradas pelos próprios historicistas guardavam grande correspondência distribucional com as unidades fisiográficas que ao mesmo tempo estavam sendo elaboradas para os Estados Unidos. Já na metade da década de 1920, alguns pesquisadores começaram a reconhecer uma grande correspondência entre as "áreas culturais" e as unidades paisagísticas.

Pressionados pela obviedade das correspondências, os historicistas tiveram que revisar sua posição sobre a relação cultura *versus* meio ambiente, mas o fizeram de forma muito tímida: passaram a reconhecer no meio somente uma propriedade limitadora ao desenvolvimento cultural. Continuavam argumentando que traços culturais novos surgiam por mecanismos intrínsecos à cultura e que somente a fixação desses traços ou, mais objetivamente, a sua sobrevivência é que poderia ser limitada pelas características do meio. Mas este, continuavam a assumir os historicistas, não teria qualquer ação "geradora" de cultura. Dito de uma outra forma, o ambiente poderia explicar a ausência de traços, mas não a sua presença.

Caberia a Steward, com seu método da Ecologia Cultural, resgatar dentro da Antropologia o conceito de meio ambiente como fator gerador na cultura, demonstrando-o formalmente, através de inúmeras pesquisas etnográficas e através de seu método comparativo intercultural. Para Steward, a máxima de que "cultura vem de cultura" era um sistema epistemologicamente inexpugnável, dado o caráter tautológico nela implicado. Para ele, o historicismo simplesmente não tangia a questão da origem dos traços culturais. Somente explicava, assim mesmo parcialmente, sua trajetória, mas não sua gênese.

Em síntese, pode-se dizer que o método da Ecologia Cultural se propõe a estudar a relação entre certas características do meio e determinados traços da cultura da sociedade humana que vive naquele meio.

A Ecologia Cultural tem um problema e um método: seu problema-objeto é avaliar se os ajustes das sociedades humanas a seus ambientes requerem modos particulares de comportamento ou se eles permitem uma certa amplitude de padrões comportamentais possíveis. Seu método repousa sobre três procedimentos fundamentais: 1. as inter-relações entre tecnologia de exploração ou produção e o meio ambiente devem ser analisadas em primeiro lugar; 2. devem ser observados, a seguir, os padrões de comportamento envolvidos na exploração de uma área particular por meio de uma tecnologia também particular; e 3. investigar a extensão em que os padrões comportamentais engendrados pela exploração no ambiente afetam outros aspectos da cultura.

Como pode ser observado pela estratégia metodológica da Ecologia Cultural, Steward estabelece uma prioridade na pesquisa de causa e efeito entre ambiente e cultura. Esse estabelecimento de prioridade é central no pensamento stewardiano e está estreitamente relacionado ao conceito de "núcleo cultural" por ele formulado: a constelação dos fatores que estão mais proximamente ligados às atividades de subsistência e aos arranjos econômicos. Assim definido, o "núcleo cultural" inclui aspectos sociais, políticos e religiosos, mas somente os que empiricamente se demonstre estar mais diretamente relacionados às bases de sustentação material das sociedades humanas.

Assim como Steward identifica na cultura domínios prioritários passíveis de uma leitura adaptativa, ele também seleciona no meio ambiente os aspectos que lhe parecem mais importantes de serem levados em consideração nessa análise de causa: quantidade, qualidade e distribuição espacial dos recursos alimentares. Para ele, nem a cultura, nem o ambiente devem ser abordados como totalidades em sua análise. De um lado, deve-se priorizar na cultura aqueles aspectos potencialmente mais responsivos (que respondem) aos estímulos ambientais, e no ambiente, aqueles aspectos potencialmente mais influenciáveis.

Nesse ponto, necessita-se destacar outra diferença fundamental entre White e Steward. Se o primeiro trabalha sobre um conceito estratigráfico de cultura, em que a base da estratigrafia determina a morfologia das camadas mais superiores (basta lembrar a sua afirmação de que existe uma filosofia adequada para cada tipo de tecnologia), Steward opta por um conceito multicomponencial da cultura, semelhante, de certa forma, mas não completamente, ao conceito que empreguei no primeiro capítulo deste livro, no qual domínios mais ou menos independentes podem estar operando dentro de uma unidade maior. Para ele, esses domínios não precisam necessariamente guardar uma integração funcional total entre si. Tanto assim que, para ele, o efeito do "núcleo cultural" sobre outros aspectos da cultura é um problema a ser analisado de forma particular em cada caso: "é um problema puramente empírico" (Steward, 1955, p. 41, tradução do autor). O "núcleo cultural" não determina necessariamente os aspectos ideológicos ou simbólicos da cultura.

A estratégia metodológica desenhada por Steward permitirá à Ecologia Cultural atacar uma questão central nos estudos das sociedades humanas: por que algumas sociedades, não obstante terem seguido histórias particulares absolutamente distintas, apresentam características muito similares, principalmente no tocante à estrutura e organização social? Steward está interessado em investigar se essas similaridades, que serão por ele batizadas de "regularidades interculturais", não representam ajustes similares a ambientes também similares (paralelismo evolutivo, se quisermos lançar mão de um termo consagrado na Biologia para explicar fenômeno semelhante na evolução organísmica). As etnografias por ele desenvolvidas, antes e depois de sua obra seminal *Theory of Culture Change* (1955), e por seus inúmeros discípulos e seguidores nos Estados Unidos e em outras partes do mundo, bem como os rigorosos trabalhos de comparação intercultural que essas etnografias permitiram, não deixaram mais dúvidas de que muitas dessas regularidades são inequivocamente adaptações similares.

Pode-se dizer, portanto, que com Steward o ambiente foi definitivamente trazido para a Antropologia na categoria de um dos paradigmas da cultura. Ele não é mais simplesmente um pano de fundo possibilista, como desejavam seus pares relativistas. Muito menos a panaceia à qual todo o fenômeno da cultura poderia ser reduzido, como desejavam alguns deterministas dentro da Geografia do início do século XX. O ambiente passa com a Ecologia Cultural a ocupar um papel epistemologicamente maduro na explicação da cultura, sem reduzir as formas de representação simbólica ao mísero *status* de epifenômeno da sustentação material, mas sem roubar desta última a importância que desempenha na modelação do comportamento social humano.

4

A introdução do conceito de ecossistema no estudo das sociedades humanas

Apesar de tanto os deterministas do início do século quanto os possibilistas e os ecologistas culturais enfrentarem em maior ou menor grau a questão da relação entre meio ambiente e cultura (ou sociedade humana), o conceito de ecossistema, tal como propugnado pela Ecologia Biológica, só foi trazido para a Antropologia Ecológica, em toda a sua extensão e profundidade, pelos neofuncionalistas representados, acima de tudo, por Andrew Vayda e seu discípulo Roy Rappaport.

Para alguns, o termo "Antropologia Ecológica" só se aplica, de fato, ao pensamento materialista-evolucionista nas Ciências Sociais a partir desse momento, ou seja, a partir do momento em que o estudo das bases materiais de sustentação das sociedades humanas (e de seus mecanismos de regulação) é trazido para dentro do quadro teórico-metodológico da Ecologia Biológica: no momento em que esse estudo se define, epistemologicamente, como Ecologia Humana.

Para entendermos melhor a proposta teórica dos neofuncionalistas, é preciso, primeiro, repassar algumas de suas críticas à Ecologia Cultural de Steward.

A mais contundente delas é sem dúvida o fato de Steward ter elegido a cultura como unidade analítica de sua Ecologia Cultural. Mas esta crítica é tão fundamental no pensamento dos neofuncionalistas que grande parte deste capítulo se define por sua caracterização. Vou, portanto, me concentrar nas críticas mais periféricas.

A primeira delas é que, para atingir seu objetivo, isto é, para explicar a origem de traços culturais específicos (e sua recorrência em sociedades com histórias muito distintas), Steward elege, tanto na cultura quanto no ambiente, variáveis específicas. Na cultura, esses traços correspondem aos elementos do "núcleo cultural", como já foi definido no capítulo anterior. No ambiente, correspondem a fatores significativos para adaptações particulares (entre os quais, a quantidade e a distribuição dos recursos alimentares são os mais prevalentes).

Dessa forma, pode-se dizer que a Ecologia Cultural abdicou, ao mesmo tempo, de lidar com a "totalidade cultural" e com a "totalidade ambiental". Se, por um lado, a opção stewardiana resolveu vários problemas operacionais ao abandonar o ideal de totalidades integradas, tanto intrassistemicamente, quanto intersistemicamente, o fato é que, ao fazê-lo, Steward, para os neofuncionalistas, deixou de atender uma de suas principais aspirações: a de explicar a origem de traços culturais. Para Vayda (1983) e para Rappaport (1990), a análise stewardiana permite, no máximo, explicar a funcionalidade dos traços, mas não a sua origem.

Para Steward (1955), o problema da origem resolve-se nas comparações interculturais, o mecanismo pelo qual é possível revelar o que denomina de "grau de inevitabilidade". Para ele, quando se detecta uma recorrência da mesma inter-relação entre variáveis culturais e ambientais em culturas sem nenhum contato histórico, isso revela a inevitabilidade dessa associação e, portanto, revela situações de causa e efeito. Para os neofuncionalistas, as conclusões tiradas por Steward a partir desse raciocínio podem ser questionadas. Primeiramente, porque ele jamais efetuou qualquer análise formal de correlação entre os traços culturais e as adaptações ambientais consideradas em suas comparações interculturais. Segundo, porque mesmo assumindo que tais correlações sejam reais, correlação não é necessariamente sinônimo de causa. Associações correlativas podem ser, simplesmente, o reflexo da ação de um terceiro fator causativo. E, terceiro, mesmo assumindo uma relação de causa e efeito, é possível questionar o conceito de "inevitabilidade de traços". O fato de se demonstrar que um traço se apresenta absolutamente funcional, e que essa funcionalidade é explicada por sua origem (adaptativa, no caso), não explica o seu conteúdo. Outros conteúdos específicos, absolutamente operacionais, poderiam ter sido gerados para desempenhar a mesma função. Principalmente numa espécie que se caracteriza por uma capacidade ilimitada de gerar soluções culturalmente. A análise stewardiana não permite, portanto, nas palavras dos neofuncionalistas, explicar o aparecimento de um conteúdo em detrimento de outro qualquer para desempenhar a mesma função.

A segunda crítica é que Steward, não obstante ter assumido, de princípio, que o método da Ecologia Cultural era simplesmente adicional aos demais eixos explanatórios da Antropologia, na verdade lançou mão de fatores sociais e históricos para explicar traços culturais somente quando as explanações geradas por seu método não satisfaziam.

A terceira crítica é de ordem metodológica: ao concentrar sua análise sobre o "núcleo cultural", Steward, aos olhos dos neofuncionalistas, acabou incorrendo num certo centrismo tecnológico. Para os neofuncionalistas, não se pode negar, *a priori*, em qualquer análise etnográfica, uma possível importância adaptativa aos fatores mítico-cosmogônicos, como aliás várias análises posteriores vieram realmente demonstrar. Pessoalmente, não concordo com esta terceira crítica a Steward. Ele é categórico no seu terceiro procedimento metodológico, ao dizer que a relação entre o "núcleo cultural" e as outras dimensões da cultura é um problema a ser investigado empiricamente, em cada caso. Mais ainda, porque algumas das melhores análises que demonstraram a importância adaptativa de certos rituais foram estimuladas pela própria Ecologia Cultural, como a análise feita por S. Piddocke sobre o ritual do Potlatch entre os Kwakiutl do Sul dos Estados Unidos.

Outra crítica levantada por Vayda (1983) e por Rappaport (1990) sobre a Ecologia Cultural é que ao concentrar-se sobre a qualidade, quantidade e distribuição de recursos alimentares, Steward tendeu a minimizar a importância de outros fatores ambientais que podem influenciar a cultura de um grupo humano, como por exemplo a ocorrência de parasitas, vetores de doenças e até mesmo a competição entre grupos humanos.

Não obstante as severas críticas efetuadas pelos neofuncionalistas sobre a Ecologia Cultural, tanto Vayda (1983) quanto Rappaport (1990) são unânimes em afirmar a importância seminal das propostas de Julian Steward. Primeiramente, pelo fato de ele ter recuperado o meio ambiente como um dos paradigmas do processo cultural, evitando ao mesmo tempo um raciocínio evolucionista unilinear. Segundo, mas não menos importante, por ter insistido no ponto de que generalizações ecológicas na Antropologia só poderiam ser efetuadas após minucioso exame etnográfico de casos particulares. E terceiro, por ter produzido ou inspirado monografias de altíssima qualidade, nas quais a relação sociedade *versus* meio ambiente foi pela primeira vez na história da Antropologia atacada de maneira rigorosa e sistemática. Ao fazê-lo, Steward também revelou a precariedade desse enfoque nas etnografias até então produzidas, fator este que tanto dificultou e em alguns momentos até mesmo impediu seu procedimento de comparações interculturais.

Mas a proposta neofuncionalista de Vayda (1983) e de Rappaport (1990) distingue-se da de Steward, antes de mais nada, pela adoção de uma nova unidade de análise no lugar da cultura: a população local. Para esses autores não existe uma Ecologia Cultural, e sim uma única Ciência Ecológica, sob cuja ótica qualquer população animal, humana ou não, deve ser analisada. Uma análise ecológica é, acima de tudo, uma análise de sustentabilidade, uma análise de cadeia trófica, na qual os fluxos de matéria e energia devem ser apropriadamente quantificados: cultura como unidade de análise não é comensurável com essa preocupação, simplesmente pelo fato de que a cultura não é alimentada pela predação, nem limitada por recursos alimentares, e muito menos debilitada por doenças ou parasitismo. Esses são parâmetros intrínsecos às populações humanas, mas não à cultura. De um ponto de vista ecológico formal, cultura é simplesmente uma propriedade do objeto de análise (no caso, a população humana). Steward havia alçado uma propriedade à situação de unidade analítica na rede ecológica.

Para os neofuncionalistas a análise ecológica não pode ferir a ontologia própria da cultura. Dessa forma, ela deve ser mantida na análise como uma propriedade ontologicamente independente do processo adaptativo, mas que, em certos casos, é chamada a resolver problemas adaptativos. Em outras palavras, as populações humanas, além dos instrumentos de que as demais populações animais dispõem, para viabilizar sua existência orgânica, apresentam um elemento a mais: a cultura. Ela deve, portanto, entrar na matriz de análise como uma propriedade da população em estudo. Implicar a cultura na análise das relações ambientais é bem diferente de reduzi-la a epifenômeno do processo adaptativo. E este é um ponto fundamental na postura dos neofuncionalistas.

Ao eleger a população humana local como unidade de análise, Vayda (1983) e Rappaport (1990) estabelecem, também, a base necessária para a compreensão do processo adaptativo humano, naquilo que representa a unidade mais inclusiva da análise ecológica: o ecossistema.

Neste ponto tenho que revisar rapidamente o conceito e as principais propriedades do ecossistema, pelo menos tais como eram assumidas à época da proposta original dos neofuncionalistas.

De acordo com Rappaport:

> ecossistema é uma porção demarcada da biosfera que inclui organismos vivos e substâncias não vivas que interagem para produzir uma troca sistemática de materiais entre os componentes bióticos e com os elementos abióticos. (1990. Tradução do autor.)

A definição de ecossistema adotada pelos neofuncionalistas é, portanto, absolutamente análoga às definições clássicas dessa unidade funcional enunciadas pelos ecólogos mais proeminentes. A título de exemplo, vamos examinar a definição dada por Eugene P. Odum, um dos mais influentes ecólogos, em seu *Fundamentals of Ecology*:

> chamamos de sistema ecológico ou ecossistema qualquer unidade (biossistema) que abranja todos os organismos que funcionam em conjunto (a comunidade biótica) numa dada área, interagindo com o ambiente físico de tal forma que um fluxo de energia produza estruturas bióticas claramente definidas e uma ciclagem de materiais entre as partes vivas e não vivas . (Tradução do autor.)

Os ecossistemas são formados por unidades cada vez menos inclusivas: as comunidades, as populações e os indivíduos.

Para os ecólogos clássicos, fonte na qual beberam diretamente Vayda e Rappaport, o ecossistema tem propriedades emergentes holísticas. Ou seja, o sistema ecológico tem propriedades que não são simplesmente a somatória das propriedades de seus constituintes. Entre elas, três podem ser destacadas: 1. independentemente das espécies que o constituem, um ecossistema tem características estruturais cíclicas, no que se refere a fluxo de material, e piramidal, no que se refere a produtividade, rede trófica e regulação das populações que o constituem; 2. o ecossistema apresenta propriedades autorreguladoras; e 3. ele tende a um estado de "clímax", no qual o sistema como um todo requer um menor fluxo de energia por unidade de biomassa em pé para se sustentar, mas no qual a produtividade por unidade de área aumenta. Nesse estado, as vias de material e energia proliferam, assim como os mecanismos reguladores. Pode-se dizer que o "clímax" é o grau máximo de desenvolvimento de um ecossistema, no qual a relação entre produção e respiração da biomassa se equilibra.

A segunda propriedade dos ecossistemas, ou seja, sua capacidade de autorregulação, é central no pensamento dos neofuncionalistas. Para os ecólogos, os fluxos dentro do ecossistema não se restringem aos de matéria e energia: há também um fluxo de informação, e este desempenha o papel de regulador. Portanto, o ecossistema é um sistema cibernético, autorregulado pela informação, mas que ele mesmo produz. Nesse contexto, os mecanismos de retroalimentação negativos são essenciais: parte da energia produzida pelos ecossistemas volta a ele como informação e sua capacidade reguladora é assombrosa, se considerarmos o pequeno delta energético envolvido na geração da informação. São os mecanismos de feedback (ou retroalimentação) negativos que proporcionam ao ecossistema seu estado de equilíbrio homeostático.

O trabalho central dos neofuncionalistas será o de demonstrar como as populações humanas de caçadores-coletores e de horticultura incipiente mantêm uma relação homeostática com o meio. Dito de uma outra maneira, eles vão se debruçar sobre a questão de como os humanos desenvolveram mecanismos de regulação homeostática que permitiram aos grupos humanos locais manterem-se abaixo ou, no máximo, no limite da capacidade de suporte dos ecossistemas nos quais estão inseridos. Vayda e Rappaport abdicam de explicar a origem de traços culturais, já que assumem que a cultura tem uma ontologia própria. Mas darão grande ênfase à funcionalidade de traços culturais como mecanismos de feedback negativo; de como construtos culturais podem vir a desempenhar um papel de informador nos ecossistemas antropocêntricos. Diferentemente de Steward, os neofuncionalistas abandonam a supremacia do "núcleo cultural" nessa análise material, até mesmo porque, nas suas etnografias, perceberam a grande importância desempenhada pelos mitos e ritos nesse sistema de regulação.

O exemplo mais contundente da análise neofuncionalista, centrada no equilíbrio autorregulado em ecossistemas antropocêntricos, é a pesquisa efetuada por Roy Rappaport entre os Tsembaga Maring, da Nova Guiné, publicada em 1968 sob o título de *Pigs for the Ancestors – Ritual in the Ecology of a New Guinea People.* O trabalho de Rappaport entre os Tsembaga é não só o exemplo mais elaborado da análise neofuncionalista na Antropologia Ecológica até hoje, mas também o próprio marco dessa escola. Tudo o que se fez em Antropologia Ecológica após 1968 refere-se direta ou indiretamente aos paradigmas assumidos em *Pigs for the Ancestors.* Em sua pesquisa, Rappaport demonstra como a matança ritual de porcos em massa nas altas terras da Nova Guiné, denominada de *Kaiko,* funciona para manter um balanço de longo prazo entre as populações humanas implicadas, as roças e a fauna das quais os Tsembaga retiram o seu sustento. Em linhas gerais, o interesse do autor é apresentar o papel do ritual na harmonização dos processos ecológicos local e regional, harmonização esta que passa por fatores como tamanho dos rebanhos de porcos, frequência de guerras, acesso a terras cultiváveis, manutenção de alianças entre clãs e circulação de pessoas e bens. Rappaport demonstra de forma circunstanciada como o ciclo ritual da matança dos porcos funciona tanto como regulador das relações entre as populações locais e a capacidade de sustentação do ecossistema no qual estão inseridas, quanto como veículo de informação que media as relações entre as diversas populações dos Maring.

5

A queda
do conceito de equilíbrio homeostático

Para entendermos o terceiro estágio da Antropologia Ecológica, denominado aliás de forma inapropriada a meu ver, por Orlove (1980), de "Antropologia Ecológica Processual", objeto do próximo capítulo, é absolutamente necessário revisar, ainda que rapidamente, as críticas que foram levantadas a partir do início da década de 1970 à proposta ecossistêmica dos neofuncionalistas.

Grande parte dessas críticas resultaram da revisão que o conceito de ecossistema, assim como de suas supostas propriedades emergentes, estava sofrendo na Biologia.

Quatro grandes críticas foram levantadas ao trabalho dos neofuncionalistas. A primeira delas é a visão centrada no equilíbrio. Isto é, os neofuncionalistas concentraram-se exclusivamente sobre a descoberta e a elucidação de processos e mecanismos autorreguladores, homeostáticos ou de retroalimentação negativa através dos quais o balanço entre populações humanas e seus ambientes é mantido, e consequentemente ignoraram mudanças não homeostáticas, disfunção de sistemas e de relações não balanceadas entre pessoas e meio ambiente.

A segunda grande crítica é que a pesquisa neofuncionalista não explica o conteúdo específico das instituições que envolvem a sua análise de regulação. O fato de demonstrarem a funcionalidade de traços como rituais e guerras não explica por que esses traços e não outros foram gerados numa situação particular.

A terceira tem sido referida na literatura como "obsessão calórica" ou "reducionismo nutricional": os neofuncionalistas concentraram sua investigação de forma obsessiva sobre produção e consumo de energia alimentar, aliás uma crítica que haviam feito a Julian Steward.

A quarta crítica refere-se à forma pela qual a unidade analítica dos neofuncionalistas era definida. De acordo com vários antropólogos, tais unidades eram, na maioria das vezes, mal escolhidas ou mal definidas.

Vou me concentrar, de forma mais detida, na primeira e na última dessas críticas, já que ambas atacam diretamente problemas centrais nas assunções ecossistêmicas de Vayda e de Rappaport.

No que se refere à segunda crítica, a resposta dos neofuncionalistas é muito simples: explicar a origem de traços culturais específicos ou, em outras palavras, dar conta do conteúdo específico das instituições que envolveram na sua análise de autorregulação dos ecossistemas antropocêntricos, nunca fez parte de suas agendas. Até porque, conforme já discuti no capítulo anterior, para eles é absolutamente prioritário que a análise ecológica preserve a ontologia própria da cultura.

Com referência à obsessão calórica, os próprios neofuncionalistas admitiram mais tarde que investigar a existência de mecanismos reguladores em sociedades humanas diretamente ligados à obtenção de energia do ecossistema só é pertinente onde energia é, de fato, um fator limitante para a população em estudo, e não aprioristicamente definido como tal. Em alguns ambientes, energia é um fator limitante; já em outros, elementos como água, matéria-prima, vetores de doença sobrepõem-se ao fator energético e, se mecanismos reguladores foram elaborados socialmente, eles devem ter sido em resposta aos problemas reais enfrentados pela população. Nesse sentido, os neofuncionalistas admitem que estavam, realmente, elevando a questão da energia à categoria de fator limitante universal.

As críticas sobre a visão centrada no equilíbrio e a definição de unidades de análise são muito mais complexas, até porque as mesmas questões estão sendo, contemporaneamente, atacadas na Ecologia Biológica e na Biologia Evolutiva.

O início da década de 1970 é marcado na Ecologia Biológica por pesadas críticas levantadas por Paul Colinvaux e por Lawrence B. Slobodkin ao conceito de ecossistemas como unidades biológicas com propriedades emergentes, de tal forma que já na metade daquela década poucos ecólogos na Biologia continuaram sustentando a proposta dos clássicos Odum e Margalef de que o ecossistema é uma unidade cibernética, autorregulada por mecanismos de feedback negativo. A "velha Ecologia", baseada na ordem e na regularidade autorregulada, vai aos poucos sendo substituída por uma "nova Ecologia", que está preocupada não somente em descobrir desordem, distúrbio e casualidade, mas em substituir o conceito de ordem por eles.

Para a nova Ecologia, o sistema ecológico não tem propriedades holísticas emergentes: tudo o que se observa nele é simplesmente a somatória das propriedades de suas partes constituintes. Paul Colinvaux é drástico a esse respeito: "em nenhum lugar podemos encontrar ecossistemas discretos e muito menos ecossistemas com as propriedades autorreguladoras implicadas no conceito de sociedade climáxica". De tal forma que ecossistema passa a ser visto a partir de 1975 apenas como unidade analítica, ficando seu *status* de unidade biológica funcional remetido a comprovações empíricas que, salvo engano de minha parte, até o momento os ecólogos de sistemas não foram capazes de produzir.

Uma das assunções básicas ao conceito de ecossistema como unidade que se legitimava em propriedades emergentes próprias, ainda que nem sempre os ecólogos tenham consciência disso, era a ideia de seleção de grupo. Estudos teóricos e observacionais desenvolvidos no início da década de 1970 viriam, também, enterrar esse conceito na Biologia Evolutiva, de tal forma que já nos meados daquela década a unidade de seleção na Biologia voltou a ser exclusivamente o indivíduo ou, no máximo, um grupo de indivíduos extremamente aparentados (seleção de parentesco ou *kin selection*, conceito esse que deu mais tarde sustentação teórica à Sociobiologia).

Ao mesmo tempo que a Biologia está voltando a sua atenção ao indivíduo como unidade analítica, já que é sobre ele que a seleção natural age, um processo semelhante está ocorrendo nas Ciências Sociais, ainda que por razões distintas. Se até aquele momento as análises antropológicas haviam se concentrado exclusivamente sobre o comportamento coletivo, sobre convenções corporadas normativas, alguns antropólogos passam a reivindicar a reintrodução do homem como indivíduo nos estudos das sociedades humanas.

A Antropologia será inundada a partir da década de 1970 por uma sucessão de novos termos – prática, práxis, ação, experiência, performance, agente, ator, pessoa, indivíduo, sujeito –, culminando naquilo a que muitos se referem, hoje, como "teoria da prática".

Dessa forma, os neofuncionalistas assumem que, refletindo uma deficiência geral na Antropologia Cultural e Social, suas primeiras análises ecológicas não deram atenção suficiente às razões que motivam as ações individuais, ações essas que, agregadas, constituem eventos grupais; e que não prestaram muita atenção na variabilidade comportamental individual, nas diferenças individuais quanto à compreensão do mundo circunjacente, nos indivíduos como unidade adaptativa, nem mesmo aos conflitos entre os atores individuais e os grupos dos quais fazem parte.

Solapado o conceito de ecossistema como unidade funcional na Ecologia Biológica, enterrado o conceito de seleção de grupo na Biologia Evolutiva e restaurado o papel do indivíduo, tanto nela quanto nas Ciências Sociais, o neofuncionalismo caiu vítima de suas premissas mais básicas: 1. a de que as populações humanas de pequena escala tendem a viver em equilíbrio homeostático com a capacidade de suporte do ecossistema, implicando esse equilíbrio na formulação de mecanismos reguladores intrincados e que se remetem, em muitos casos, a elementos do universo mítico-cosmogônico; e 2. a de que a população local se legitimiza como unidade analítica, tanto por sua comensurabilidade diante de outros parâmetros ecossistêmicos, quanto por seu caráter comportamental corporativo.

6

Eventos

e problemas ambientais: as novas "unidades" de análise

Confrontados pela derrocada do conceito de ecossistema como unidade funcional "supraorganísmica" na Ecologia Biológica, os antropólogos ecólogos passaram, já a partir de meados da década de 1970, a procurar novas estratégias ou unidades de análise para o estudo das relações entre sociedades humanas e meio ambiente.

Além do enfraquecimento do conceito de ecossistema como unidade funcional, outro fator que contribuiu para mudanças de perspectivas metodológicas na Antropologia Ecológica foi o fato de as sociedades tradicionais de pequena escala, seu objeto de análise por excelência, estarem sendo, rapidamente, absorvidas pelas sociedades nacionais envolventes, tornando-se parte de sistemas regionais, quando não do próprio sistema mundial. Nessa situação de contato, ficou cada vez menos apropriado investigar as bases materiais de sustentação dessas sociedades locais como sistemas fechados, em equilíbrio com os seus meios ambientes circunjacentes. Assim como o contato entre as sociedades tribais e a sociedade ocidental foi de imensa importância para revelar à Antropologia Cultural a insustentabilidade do conceito de estrutura como elemento a-histórico, os mesmos fenômenos levaram a Antropologia Ecológica a privilegiar os conceitos de ruptura e mudança, no lugar do conceito de equilíbrio homeostático.

A ênfase a partir do final da década de 1970 passou então a ser o estudo de estratégias adaptativas específicas (modelos de tomada de decisões) diante de eventos ou problemas ambientais, levando-se em consideração não somente os fatores ambientais circunjacentes, como também fatores socioeconômicos gerados pelas economias regionais, no seio das quais as sociedades de pequena escala passaram, cada vez mais, a se engajar.

> “Outro fator que contribuiu para mudanças de perspectivas metodológicas na Antropologia Ecológica foi o fato de as sociedades tradicionais de pequena escala, seu objeto de análise por excelência, estarem sendo, rapidamente, absorvidas pelas sociedades nacionais envolventes, tornando-se parte de sistemas regionais, quando não do próprio sistema mundial.”

O importante passa a ser a compreensão de processos de respostas diante de situações de mudança. Em outras palavras, a sincronia dos estudos de equilíbrio homeostático vai dando, paulatinamente, lugar à diacronia dos estudos de processos, nos quais a história, a economia política e a diversidade de escolhas individuais passam a ser elementos essenciais de análise. Por essa razão, alguns autores têm se referido a essa fase da disciplina como Antropologia Ecológica Processual. A pesquisa efetuada sob essa nova perspectiva não é tão fácil de ser caracterizada teórica e metodologicamente como nos estágios anteriores, pois agora as distintas investigações já não repartem um número tão grande de assunções comuns. O que lhes dá unidade é o fato de todas elas questionarem a abordagem neofuncionalista nas linhas indicadas no capítulo anterior.

As novas tendências dentro da Antropologia Ecológica Processual podem ser sumarizadas da seguinte forma: a) o exame das relações entre variáveis demográficas e sistemas de produção, estimulado, sobretudo, pelo trabalho seminal de Ester Boserup, de 1965, *The Conditions of Agricultural Growth*; b) a observação de respostas populacionais a estresse ambiental; c) a investigação sobre a geração e adoção de estratégias adaptativas, estimulada pelo conceito de nicho; e d) o emprego de teoria marxista, sobretudo graças ao interesse geral da Antropologia pela economia política e pelo marxismo estrutural.

A ideia é basicamente observar mudanças nas atividades individuais e coletivas, concentrando-se nos mecanismos pelos quais comportamentos humanos e limites ambientais influenciam-se reciprocamente. Sob esta perspectiva, não é difícil entender por que os estudos de modelos baseados em atores tornaram-se tão populares também nas pesquisas da Antropologia Ecológica a partir do final da década de 1970.

Entre os estudos de modelos baseados em atores, os mais significativos na literatura são os modelos de tomadas de decisão (*decision-making models*) que, de maneira geral, podem, de acordo com Orlove (1980), ser classificados em duas categorias, ambas extremamente empregadas pelos antropólogos ecólogos na última década: modelos cognitivos, ou naturalistas, e modelos macroeconômicos.

Os modelos naturalistas, inspirados na Antropologia Cognitiva, tentam retratar processos psicológicos reais de tomada de decisões, identificando as alternativas cognicizadas e os procedimentos de se escolher entre elas. Geralmente são utilizados em contextos em que os indivíduos devem escolher entre um número pequeno de alternativas, em que o número de parâmetros que influenciam a escolha também é pequeno e em que os resultados da escolha são quase sempre conhecidos ou estimados (pelo *status* social conferido).

Já os modelos macroeconômicos estão menos preocupados com o processo psicológico-cognitivo por trás da escolha, e mais preocupados com o resultado dela. Esses modelos são inspirados em teoria macroeconômica e quase sempre assumem que os atores são maximizadores (atores racionais). São empregados em situações ambíguas ou incertas, nas quais os atores devem escolher entre um número muito grande de alternativas e em que os resultados das escolhas não são conhecidos (ou seja, não são determinadas por razões de *status* social).

Essa visão centrada em problemas ambientais reais encarados pelas sociedades e sobre como as pessoas respondem individual e coletivamente a eles passaria a exigir da Antropologia Ecológica, de acordo com Vayda e McCay (1975), o estabelecimento da seguinte agenda:

1. Prestar atenção ao maior número possível de riscos e problemas ambientais, além daqueles relacionados à utilização de energia;

2. Investigar possíveis relações entre características dos riscos ou eventos, tais como: magnitude, duração, singularidade e propriedades das respostas das pessoas;
3. Abandonar uma visão centrada no equilíbrio e se perguntar, ao invés, sobre mudanças nas relações de homeostase;
4. Estudar não somente como os grupos respondem a riscos, mas também como indivíduos isolados o fazem (quem é afetado, quem responde e como responde).

A partir dessa agenda, duas opções metodológicas propostas na década de 1980 parecem dignas de especificação: a da contextualização progressiva, apresentada por Vayda (1983), e a da mudança cumulativa, defendida por Lees e Bates (1990).

De acordo com o seu proponente, contextualização progressiva nada mais é do que o antropólogo-ecólogo concentrar-se nas atividades humanas-chaves ou nas interações gente-ambiente significativas e então explicar tais interações, localizando-as em contextos progressivamente mais amplos e mais densos.

Procedendo dessa maneira, o pesquisador evita cair nas principais falácias do neofuncionalismo. Vejamos como:

1. A questão da definição de unidade de análise é resolvida pelo fato de a pesquisa não assumir qualquer recorte espacial *a priori*. Em outras palavras, o método da contextualização progressiva permite não assumir que as interações homem-ambiente que nos interessam são necessariamente componentes ou expressão de algum sistema previamente definido. A extensão geográfica da pesquisa é determinada pela extensão necessária à compreensão do problema focalizado, seja ela o território de uma população

local, seja ela a de uma nação ou a de um Estado. É a escala do problema que define os limites da análise;

2. A questão da homeostase é resolvida pelo fato de o método não partir de unidades funcionais e sim de atividades ou de interações específicas. Dessa forma, obtém-se compreensão holística sem se precisar recorrer a quadros sistêmicos baseados na ideia da estabilidade e dos mecanismos supraorgânicos que a mantêm.

Além disso, a abordagem apresenta, também, vantagens pragmáticas. Uma vez que os pesquisadores não têm de se submeter a obrigações disciplinares acadêmicas, por exemplo a definição de sistemas sociais totais, torna-se muito menor a necessidade de tempo e de recursos financeiros, já que esses podem ser concentrados nos fatores sociais, ambientais e culturais específicos. Nesse sentido, torna-se muito mais fácil a combinação de pesquisas qualitativas com pesquisas quantitativas. Além desse fator, a contextualização progressiva permite a geração de resultados não só mais significativos do ponto de vista de planejamento e gestão, como também mais fáceis de serem comunicados a gestores e administradores públicos.

Mas a maior vantagem da contextualização progressiva é que ela, diferentemente da estratégia ecossistêmica, pode ser aplicada tanto em situações estáveis e de equilíbrio, quanto em situações instáveis e transitórias.

Lees e Bates (1990) também partem do princípio de que a análise antropológica-ecológica deve partir de problemas reais enfrentados pela população, e não de um problema universal *ad hoc*, como limitação calórica ou necessidade de manutenção de equilíbrio. Cada população enfrenta fatores limitantes e riscos particulares para a manutenção de suas bases materiais, e esses devem ser descobertos empiricamente caso a caso.

Neste sentido, a proposta de Lees e Bates (1990) de estudar a ecologia das mudanças cumulativas é extremamente similar à da contextualização progressiva de Vayda (1983). É necessário, segundo aqueles autores, observar o impacto de eventos particulares. Por exemplo, em vez de se tentar mostrar quão adaptados os !Kung San estão às condições desérticas do Kalahari, os pesquisadores deveriam observar o que eles fazem ou fariam diante de uma seca pronunciada. Em outras palavras, o estudo da adaptabilidade humana passa a ser mais importante do que o estudo da adaptação em si.

> "A contextualização progressiva permite a geração de resultados não só mais significativos do ponto de vista de planejamento e gestão, como também mais fáceis de serem comunicados a gestores e administradores públicos."

Para Lees e Bates (1990), a abordagem centrada em eventos reais apresenta numerosas vantagens metodológicas: a) oferece um ponto de entrada conveniente para a descrição de relações complexas e dinâmicas, sem o peso de assunções apriorísticas; b) leva o pesquisador a organizar os dados sob uma perspectiva diacrônica; e c) permite ao pesquisador estabelecer naturalmente o âmbito espacial do estudo com base nas respostas comportamentais observadas e redimensioná-lo à medida que a pesquisa progride.

Lees e Bates (1990) chamam a atenção, entretanto, para os perigos de assumir um evento ambiental como necessariamente um problema, uma vez que um determinado evento pode se revestir em enorme problema para alguns indivíduos, ao passo que, para outros segmentos da mesma sociedade, o mesmo evento pode se transformar em uma grande possibilidade de melhorar o *status* social e a qualidade de vida. Nesse sentido, os autores recomendam que mesmo uma grande mudança no meio ambiente deve ser vista, em princípio, como neutra.

Esses estudos de mudança cumulativa ou de contextualização progressiva têm permitido algumas generalizações, de acordo com Lees e Bates (1990). Entre elas, destaca-se a da "economia de flexibilidade", encontrada também em outros organismos que não os humanos. Essa estratégia confere vantagem adaptativa a um organismo que disponha de uma cadeia estruturada de respostas. As respostas de menor custo são acionadas primeiramente, de maneira que o organismo não se sobrecarrega antes de isso ser necessário.

Outra vantagem desses estudos é que eles remetem necessariamente o antropólogo-ecólogo à importância dos fatores históricos, aos sistemas econômicos regionais ou de larga escala, às fontes de desequilíbrio e à vulnerabilidade humana, mesmo quando estuda sociedades de pequena escala em algum canto remoto do mundo. Isto sem mencionar a necessidade de se identificar conflitos de interesses pessoais dentro de uma mesma sociedade.

"Esses estudos de mudança cumulativa ou de contextualização progressiva têm permitido algumas generalizações, de acordo com Lees e Bates [1990]. Entre elas, destaca-se a da "economia de flexibilidade", encontrada também em outros organismos que não os humanos."

Nas palavras de Lees e Bates sobre sua própria proposta de trabalho centrado em eventos:

> Avaliando-se impactos de eventos ambientais e as várias respostas das pessoas a eles, começamos a relacionar nossos interesses científicos às necessidades daqueles que nós estudamos e, talvez não incidentalmente, daqueles que sustentam nossas pesquisas. (1990. Tradução do autor.)

7

O perigo do ecletismo ou:

há Antropologia Ecológica sem ecossistema?

Embora muitos aceitem as críticas efetuadas pelos processualistas ao conceito de ecossistema e, em decorrência, a uma Antropologia Ecológica centrada no equilíbrio, houve, nos últimos anos, uma tentativa de recuperação do conceito de ecossistema no âmbito da disciplina. O maior desses esforços foi, provavelmente, a reedição revista e ampliada da obra *The Ecosystem Approach in Anthropology – From Concept to Practice*, organizada por Moran (1990).

Em um dos capítulos dessa obra, Rappaport (1990) sugere que o problema fundamental de qualquer Antropologia Ecológica digna do nome é desenvolver uma estrutura conceitual sintética verdadeira, chamando a atenção para o risco de ecletismos apressados. Para ele, essa estrutura conceitual tem de ser comensurável, por um lado, com o discurso antropológico e,

> “Rappaport sugere que o problema fundamental de qualquer Antropologia Ecológica digna do nome é desenvolver uma estrutura conceitual sintética verdadeira, chamando a atenção para o risco de ecletismos apressados. Para ele, essa estrutura conceitual tem de ser comensurável, por um lado, com o discurso antropológico e, por outro, com o discurso da Ecologia Geral.”

por outro, com o discurso da Ecologia Geral. Nesse sentido, Rappaport (1990) não só insiste na manutenção do conceito de ecossistema como unidade analítica, mas também tenta ressuscitá-lo como unidade funcional. Insiste ao mesmo tempo que a análise ecológica centrada no ecossistema não descarta os conceitos de população local, de população regional e de indivíduo.

Para Rappaport (1990), independentemente de os ecossistemas naturais apresentarem ou não propriedades emergentes de autorregulação, o fato é que, nos ecossistemas em que os humanos são a espécie dominante (ecossistemas antropocêntricos), a regulação não só existe, como é de fato exercida por eles a favor da reprodução de seus sistemas sociais. Se aceitarmos que os humanos fazem parte dos ecossistemas, não fica difícil concluir, portanto, que estes apresentam propriedades de autorregulação. Na verdade, o autor vai mais longe. Para ele, mesmo os ecossistemas não humanos apresentam propriedades autorregulatórias. Em outras palavras, Rappaport acredita que os biólogos ainda não apresentaram evidências suficientes para que os antropólogos abandonem o conceito funcional de ecossistema.

Nas suas próprias palavras:

> Se o conceito de ecossistema for abandonado, teremos que nos confrontar com duas escolhas. Ou encontramos uma outra maneira de representar o caráter sistêmico da natureza circunjacente às sociedades humanas, ou nos restringimos ao estudo de interações descontextualizadas entre humanos, enquanto grupos ou indivíduos, de um lado, e uns poucos elementos paisagísticos, de outro. Na medida em que ecologia é definida pela preocupação com uma visão holística da natureza, a segunda escolha não é propriamente ecológica, mas antes não ecológica. (Rappaport, 1990. Tradução do autor)

Rappaport (1990) defende também a utilização do conceito de população local como unidade analítica. Nas ideias dele, as sociedades tradicionais de pequena escala podem perfeitamente ser tratadas como unidades locais, sem se assumir, ingenuamente, seu isolamento. Para ele, toda sociedade, por mais isolada que esteja, faz parte de uma população regional. Entretanto, segundo ele, há distinções muito claras entre esses dois recortes, já que ecossistemas são sistemas mais localizados de trocas interespecíficas,

"Rappaport defende também a utilização do conceito de população local como unidade analítica. Nas ideias dele, as sociedades tradicionais de pequena escala podem perfeitamente ser tratadas como unidades locais, sem se assumir, ingenuamente, seu isolamento."

nos quais o objeto de troca é essencialmente trófico, ao passo que sistemas regionais são caracterizados por trocas intraespecíficas, em que os objetos trocados são essencialmente informação, serviços, valores e objetos. Além disso, as características formais das trocas são muito diferentes. No caso das populações locais, a troca trófica faz com que uma das partes interagentes se transforme no próprio objeto de troca – vira comida. Nos sistemas regionais, apesar de haver também dois lados envolvidos, nenhum deles se transforma, em si, no objeto de troca.

No que se refere ao papel do indivíduo, Rappaport (1990) concede que de fato a Antropologia Ecológica preconizada em sua obra *Pigs for the Ancestors* deu pouca atenção à variabilidade individual. Entretanto, ressalta o fato de que, em seu trabalho sobre os sistemas de regulação dos Maring, foi dada atenção especial a ritual e guerra, duas atividades em que as ações individuais são altamente integradas, corporativas e subordinadas ao coletivo. Além disso, ele ressalta, também, o perigo de, ao se eleger o indivíduo como unidade de análise, a Antropologia como um todo cometer um erro ainda pior: a dissolução do social enquanto tal.

> “Quando as variáveis ambientais forem reduzidas a itens de recursos naturais potencialmente utilizáveis, por um lado, e a perigos, sinistros e riscos, por outro, a Antropologia Ecológica estará sofrendo uma grande ameaça de se transformar em pura e simples economia ambiental.”

Outra preocupação de Rappaport é sobre a opção por

riscos ou problemas ambientais no lugar de unidades sistemicamente definidas. Para ele, quando as variáveis ambientais forem reduzidas a itens de recursos naturais potencialmente utilizáveis, por um lado, e a perigos, sinistros e riscos, por outro, a Antropologia Ecológica estará sofrendo uma grande ameaça de se transformar em pura e simples economia ambiental.

Rappaport (1990, tradução do autor) prediz uma revitalização do conceito de ecossistema no âmbito da Antropologia para os anos 1990:

> Eu encorajo tal revitalização, com as modificações apropriadas, porque o conceito de ecossistema é, em si, um elemento vital na construção, manutenção e reconstrução das teias da vida, das quais, independentemente do nome que se lhes atribua, nós somos absolutamente dependentes.

8

Considerações finais

Embora esta obra tenha um caráter absolutamente sintético, espero que estas poucas páginas que consegui escrever sobre o assunto tenham sido suficientes para demonstrar à comunidade antropológica brasileira, sobretudo àqueles que ainda estão em processo de formação, pelo menos duas coisas: (1) que o materialismo evolutivo ou ecossistêmico na Antropologia, assim como as demais correntes do pensamento antropológico, tiveram uma construção teórica que envolveu décadas de elaboração e um processo constante de refinamento epistemológico, muito mais graças às críticas internas dos próprios materialistas do que propriamente às críticas – geralmente preconceituosas – expressas pelos simbolistas ou ideacionistas. Nesse sentido, o materialismo evolutivo é tão legítimo como qualquer outra escola antropológica. E a vulgaridade (aqui estou me referindo ao termo "marxismo vulgar" utilizado por alguns antropólogos para se referirem à Antropologia Evolutiva) pode se dar tanto dentro do materialismo quanto dentro do ideacionismo. Não é, portanto, uma peculiaridade exclusiva do primeiro; e (2) que, graças a esta construção teórico-metodológica de mais de cinco décadas, existem à disposição dos antropólogos ferramentas de trabalho já absolutamente consolidadas no âmbito de sua disciplina para abordar a relação sociedade/meio ambiente, contemplando-se, de um lado, a dialética própria dos sistemas sociais e, de outro, o caráter sistêmico-evolutivo das paisagens naturais.

Infelizmente, por razões histórico-ideológicas que escapam ao escopo deste livro, a literatura antropológica sistêmico-evolutiva ficou completamente omitida na formação dos antropólogos brasileiros. Isso é fácil de constatar. Basta lembrar que mesmo o trabalho seminal de Steward, *Theory of Culture Change*, publicado em 1955 nos Estados Unidos, um clássico em todo o mundo, até hoje não foi traduzido para o português. Nem mesmo a Ecologia Cultural, primeiro passo significativo na construção do evolucionismo antropológico moderno, é ensinada regularmente nos cursos de pós-graduação em Ciências Sociais no Brasil (para maiores detalhes, ver o livro de Viertler, *Ecologia Cultural – Uma Antropologia da mudança*).

Não é, portanto, fortuito o fato de a questão homem-meio no Brasil estar sendo atacada pelos antropólogos sob uma perspectiva quase que absolutamente sociológica, quando não interpretativista, que está longe de contemplar as relações sistêmicas das sociedades humanas de pequena escala com as paisagens nas quais estão inseridas. Independentemente de essas relações serem permeadas por conflitos inerentes às sociedades humanas, o fato é que há um conflito anterior a eles e que deles pode prescindir para garantir sua universalidade: aquele que emana dos limites e das possibilidades intrínsecas à cadeia trófica. Querendo ou não, as sociedades humanas, como quaisquer outras sociedades, necessitam de bases materiais adequadas para assegurar sua produção e reprodução. Esse aspecto do humano pode ser abordado sob uma perspectiva explanatória, e essa perspectiva se materializou na Antropologia internacional através do corpo teórico expresso de forma sintética nas páginas anteriores.

Como optei por apresentar de forma crítica a evolução das ideias na Antropologia Ecológica, temo que alguns poderão se apropriar deste meu estilo para tentar demonstrar a debilidade dessa linha de pensamento. Gostaria, entretanto, que meu estilo crítico fosse apropriado no sentido inverso, ou seja, para se argumentar a favor da excelência teórica do materialismo sistêmico-evolutivo na Antropologia que prefiro chamar de Antropologia Adaptacionista. A construção, desconstrução e reconstrução permanentes dessa orientação teórica são, a meu ver, o melhor indicador de sua excelência epistemológica e demonstram que os pesquisadores envolvidos nesse processo tiveram o cuidado de gerar ideias, métodos e resultados passíveis de replicação, de testes objetivos. Oxalá o estudo dos símbolos possa um dia ser conduzido com a mesma objetividade que já podemos, hoje, aplicar aos estudos das bases materiais de sustentação das sociedades humanas de pequena escala. Sem, evidentemente, mutilar a ontogênese própria da cultura como forma de produção e representação simbólica.

Vocabulário crítico

Antropologia Ecológica: estudo das relações entre dinâmica populacional, organização social e cultura das populações humanas e o meio ambiente no qual elas vivem.

Adaptação: uma característica que se tornou predominante em uma população devido a uma vantagem seletiva proporcionada pelo aumento do desempenho de alguma função.

Cadeia trófica: série de organismos que se nutrem um dos outros; via energética.

Capacidade de suporte ou sustento: limite teórico alcançado pelo crescimento de uma população dependente do entorno para o seu sustento.

Coevolução: transformação evolutiva mútua em dois ou mais grupos de organismos com estreitos vínculos ecológicos.

Determinismo ambiental: tese segundo a qual o comportamento humano, individual e/ou social, é fruto das características do meio ambiente.

Ecologia: estudo científico das relações entre os seres vivos e o meio físico.

Equilíbrio estável: condição de estase; propensão para um sistema retornar a uma condição após o deslocamento dessa condição.

Equilíbrio instável: um estado constante para o qual um sistema não retorna, se perturbado.

Etnoecologia: abordagem específica dentro da Antropologia Ecológica ou da Antropologia Cognitiva baseada nos conhecimentos que um determinado grupo humano ou cultura tem sobre as relações entre os componentes bióticos e abióticos do meio ambiente.

Evolução: descendência com modificação; origem de entidades com diferentes estados de uma ou mais características e as mudanças em suas proporções ao longo do tempo.

Feedback (retroalimentação): uma resposta utilizada para controlar ou mediar uma resposta futura.

Feedback negativo: relação dinâmica pela qual o produto de um processo inibe o processo que o produz, usualmente promovendo estabilidade.

Hábitat (ou entorno): área geográfica ocupada por uma população; não confundir com nicho ecológico.

Homeostase: manutenção de um estado de equilíbrio por alguma capacidade de autorregulação.

Mercado: modelo de intercâmbio de mercadorias ou serviços entre pessoas destituídas de laços sociais comuns; intercâmbio impessoal.

Modelo: representação simplificada da realidade por meio de símbolos gráficos, verbais ou matemáticos.

Nicho ecológico: modo de vida característico de um organismo, definido geralmente por sua forma exclusiva de emprego dos recursos; papel desempenhado por um organismo ou espécie na cadeia trófica.

Núcleo cultural: traços de uma cultura mais estreitamente relacionados com a subsistência.

Padrão de assentamento: distribuição dos assentamentos humanos em relação à paisagem e aos demais assentamentos.

População: grupos de organismos de uma mesma espécie que ocupam uma região geográfica mais ou menos bem definida e que exibem continuidade reprodutiva; geralmente assume-se que interações ecológicas e reprodutivas são mais frequentes entre esses indivíduos que entre eles e membros de outras populações da mesma espécie.

Possibilíssimo ambiental: tese segundo a qual o meio ambiente limita, mas não causa o comportamento humano.

Seleção individual: forma de seleção natural consistindo em diferenças não aleatórias entre diferentes genótipos dentro de uma população em sua contribuição para as gerações subsequentes.

Seleção de parentesco: forma de seleção gênica pela qual alelos diferem em sua taxa de propagação por influenciar a sobrevivência de indivíduos (parentes) que portam os mesmos alelos por descendência comum.

Seleção natural: sobrevivência e/ou reprodução diferencial de classes de entidades que diferem em uma ou mais características hereditárias.

Sistema: conjunto de objetos e suas relações.

Território: porção ou parte do ambiente físico ou hábitat que é defendida pelos grupos humanos ou animais contra intrusos ou invasores.

Bibliografia comentada

ALLAND JR., A. Adaptation. *Annual Review of Anthropology*, [S. l.], vol. 4, p. 59-73, 1975.

O conceito de adaptação não encontra unanimidade entre os evolucionistas na Biologia. Neste artigo, Alland Jr. discute a complexidade desse conceito na Biologia, mostrando as consequências dessa complexidade para a sua adoção nas Ciências Sociais.

ELLEN, R. F. Trade, Environment, and the Reproduction of Local Systems in the Moluccas. *In*: MORAN, E. F. (ed.). *The Ecosystem Approach in Anthropology*: From Concept to Practice. Ann Arbor: The University of Michigan Press, 1990, p. 191-227.

Neste artigo, Roy Ellen apresenta um excelente exemplo de estudo de caso em Antropologia Ecológica processual, demonstrando como fatores históricos, econômicos e ecológicos podem ser integrados para se explanar a reprodução de sistemas sociais locais.

FOLEY, R. A. *Apenas mais uma espécie única*. São Paulo: Edusp, 1993.

Graças aos esforços de Renate Viertler, a obra é considerada um clássico entre os estudiosos do processo de hominização. Nela, Robert Foley associa a evolução física e comportamental hominídea à Ecologia Evolutiva.

HARDESTY, D. L. *Antropologia Ecológica*. Barcelona: Ediciones Bellaterra, 1979.

Um dos raros livros-textos básicos disponíveis em Antropologia Ecológica, no qual são apresentadas discussões conceituais e metodológicas centrais à disciplina, baseando-se em extenso material empírico.

HARRIS, M. *et al*. The Cultural Ecology of India's Sacred Cattle. *Current Anthropology*, vol. 7, n. 1, p. 51-66, 1966.

Este artigo de Marvin Harris ocupa posição central na evolução das ideias da Ecologia Cultural e é de uma elegância metodológica e argumentativa inquestionável. Harris demonstra como o ritual da vaca sagrada na Índia pode estar relacionado à manutenção das bases materiais da sociedade indiana.

KEESING, R. M. Theories of Culture. *Annual Review of Anthropology*, [S. l.], vol. 3, p. 73-97, 1974.

Embora Keesing já tenha publicado reflexões mais atualizadas sobre a teoria da cultura, este seu artigo é, a meu ver, uma das reflexões mais lúcidas publicadas nessa área até o momento. Nela, ele demonstra claramente como o conflito entre materialistas e ideacionistas pode ser evitado assumindo-se conceitos menos ecléticos de cultura.

LEES, S. H.; BATES, D. G. The Ecology of Cumulative Change. *In*: MORAN, E. F. (ed.). *The Ecosystem Approach in Anthropology*:

From Concept to Practice. Ann Arbor: The University of Michigan Press, 1990, p. 247-277.

A contribuição de Susan Lees e Daniel Bates à obra de Emilio Moran mostra claramente que é possível abordar questões ecológicas em Antropologia, sem necessariamente partir-se do conceito de ecossistema como unidade funcional. O estudo de mudança cumulativa permite agregar numa mesma matriz de análise informações ecológicas, históricas, micro e macroeconômicas, além de contemplar o papel do indivíduo na geração de estratégias adaptativas sociais.

LOVE, T. F. Ecological Niche Theory in Sociocultural Anthropology: A Conceptual Framework and Application. *American Ethnologist*, Malden, vol. 4, n. 1, p. 27-41, fev. 1977.

Excelente texto para aqueles interessados em compreender como alguns conceitos da Biologia podem ser apropriados pela Antropologia, gerando-se sobreposição teórica sem se partir de raciocínios deterministas lineares.

MORAN, E. F. *A Ecologia Humana das populações da Amazônia*. São Paulo: Vozes, 1991.

Publicado primeiramente no Brasil, graças ao apoio institucional do Museu Emílio Goeldi e da Fullbright Commission, e depois nos Estados Unidos, a obra de Moran é monumental, no sentido de representar a primeira síntese sobre estratégias adaptativas das populações tradicionais amazônicas aos distintos ecossistemas da região. Moran não só apresenta claramente as respostas adaptativas em termos de tecnologia, demografia e organização social dessas populações nativas, como também abre perspectivas ilimitadas de futuras pesquisas sobre o assunto na região.

MORAN, E. F. Ecosystem Ecology in Biology and Anthropology: A Critical Assessment. *In:* MORAN, E. F. (ed.). *The Ecosystem*

Approach in Anthropology: From Concept to Practice. Ann Arbor: The University of Michigan Press, 1990, p. 3-40.

A introdução escrita por Emilio Moran à sua obra de 1990 é uma excelente revisão dos principais conflitos teórico-metodológicos na Antropologia Ecológica. Sua compreensão, entretanto, exige certa erudição sobre a bibliografia produzida nas últimas cinco décadas nessa área do conhecimento. É de especial interesse a análise crítica sobre o conceito de ecossistema na Antropologia.

NEVES, W. A. Biodiversidade e sociodiversidade: dois lados de uma mesma equação. *In*: ARAGÓN, L. E. (org.). *Desenvolvimento sustentável nos trópicos úmidos*. Belém: Unamaz, 1992, p. 365-397.

De linha eminentemente materialista, este artigo tenta demonstrar que a manutenção da sociodiversidade é tão importante para a humanidade quanto a manutenção da biodiversidade. Tendo como público-alvo planejadores, políticos e gestores públicos, o artigo apresenta quatro tipos de interface entre sociodiversidade e biodiversidade, utilizando para tanto exemplos amazônicos.

NEVES, W. A. (org.). *Biologia e Ecologia Humana na Amazônia*: avaliação e perspectivas. Belém: Museu Paraense Emílio Goeldi, 1989.

Esta obra foi concebida com a intenção de se fazer um balanço dos conhecimentos sobre Biologia e Ecologia Humana na região amazônica; todos os capítulos tiveram contribuições dos poucos profissionais brasileiros que se dedicam à Antropologia Evolutiva. É um dos resultados do workshop homônimo realizado pelo Museu Paraense Emílio Goeldi, em 1987.

NEVES, W. A. (org.). *Origens, adaptações e diversidade biológica do homem nativo da Amazônia*. Belém: Museu Paraense Emílio Goeldi, 1991.

Também resultado de um workshop internacional promovido pelo Museu Paraense Emílio Goeldi em 1988, esta obra é de certa forma uma complementação à anterior, só que produzida com a colaboração dos maiores especialistas internacionais sobre os temas abordados. Tendo em vista o caráter de síntese de seus capítulos, a obra tem se tornado referência internacional para os estudos de adaptações biológicas e sociais na Amazônia, tanto no tocante às populações nativas atuais, quanto às populações nativas pré-coloniais.

ORLOVE, B. S. Ecological Anthropology. *Annual Review of Anthropology*, [S. l.], vol. 9, p. 235-273, 1980.

Este artigo de Benjamin Orlove é citação obrigatória em qualquer trabalho sobre Antropologia Ecológica, na medida em que representa uma das reflexões mais críticas até hoje efetuadas sobre o desenvolvimento histórico dessa área. Exige, entretanto, grande erudição da bibliografia para ser completamente compreendido. A única limitação é ter sido publicado no início dos anos 1980, quando o movimento processualista ainda estava no início.

RAPPAPORT, R. A. Ecosystem, populations and people. *In*: MORAN, E. F. (ed). *The Ecosystem Approach in Anthropology*: From Concept to Practice. Ann Arbor: The University of Michigan Press, 1990, p. 41-72.

Aqueles interessados no amadurecimento epistemológico da Antropologia Ecológica não podem deixar de ler o apêndice que Rappaport incluiu na segunda edição de *Pigs for the Ancestors*, em que responde a todas as críticas até então efetuadas à sua obra. Este artigo é uma síntese, atualizada, daquele apêndice, na qual o autor volta a defender a propriedade da utilização de ecossistema como unidade analítica e funcional na Antropologia Ecológica, sem, entretanto, deixar de refletir sobre as críticas e os ajustes que tal abordagem deve sofrer.

RAPPAPORT, R. A. *Pigs for the Ancestors*: Ritual in the Ecology of a New Guinea People. New Haven: Yale University Press, 1968.

Obra máxima da Antropologia Ecológica ecossistêmica; tudo o que se fez na área após a sua publicação remete direta ou indiretamente a ela. Mesmo os mais ferrenhos opositores ao pensamento materialista na Antropologia concordam que se trata de um clássico na disciplina. Roy Rappaport, dentro de uma perspectiva absolutamente sistêmico-funcional, mostra como a inserção dos Maring, da Nova Guiné, no ecossistema do qual fazem parte como espécie dominante, só é possível graças à intermediação de ciclos rituais altamente elaborados em torno do sacrifício de porcos.

RICHERSON, P. J. Ecology and Human Ecology: A Comparison of Theories in the Biological and Social Sciences. *American Ethnologist*, Malden, vol. 4, n. 1, p. 1-26, 1977.

Este artigo é especialmente recomendado para aqueles que estão interessados em como a revisão de conceitos na Ecologia Biológica refletiu na Antropologia Ecológica.

STEWARD, J. H. *Theory of Culture Change*: The Methodology of Multilinear Evolution. Urbana: University of Illinois Press, 1955.

Esta obra de Steward representa o marco zero da Ecologia Cultural. Embora seja um clássico em qualquer biblioteca especializada em Ciências Sociais, jamais foi traduzido para o português. Seu maior mérito é ter ressuscitado o evolucionismo na Antropologia, sem, contudo, cair no unilinearismo dos evolucionistas do século XIX, nem no evolucionismo universal de White. Sua obra está dividida em duas partes: uma relativa ao conceito e ao método da Ecologia Cultural; e outra, ao extenso material etnográfico a partir do qual Steward ao mesmo tempo constrói e demonstra seus tipos interculturais.

VAYDA, A. P. Progressive Contextualization: Methods for Research in Human Ecology. *Human Ecology*, [S. l.], vol. 11, n. 3, p. 265--281, 1983.

Neste artigo, Andrew Vayda apresenta uma alternativa aos estudos ecossistêmicos na Antropologia Ecológica. Demonstra como tal unidade analítica e funcional pode ser substituída, na análise ecológica, por problemas ou eventos ambientais, contextualizados progressivamente.

VAYDA, A. P.; MCCAY, B. J. New Directions in Ecology and Ecological Anthropology. *Annual Review of Anthropology*, [S. l.], vol. 4, p. 293--306, 1975.

Este texto é um marco na história das ideias em Antropologia Ecológica, na medida em que absorve as críticas efetuadas pelos processualistas à ideia de uma disciplina centrada no estudo do equilíbrio e em mecanismos ecossistêmicos reguladores.

VIERTLER, R. B. *Ecologia Cultural*: uma Antropologia da mudança. São Paulo: Ática, 1988.

O livro introdutório de Renate Viertler é, se não a única, uma das poucas obras escritas no Brasil sobre o materialismo na Antropologia que, ao invés de criticá-lo *a priori*, opta por apresentar, sem juízo de valor – deixando isto a cargo do leitor –, as principais bases conceituais da Ecologia Cultural stewardiana.

WHITE, L. A. *The Science of Culture*: A Study of Man and Civilization. New York: Grove Press, 1949.

Representa juntamente com a obra de Steward o marco da recuperação do evolucionismo não fatalista na Antropologia. Diferentemente de seu colega, que estava interessado em identificar a influência de fatores ambientais locais sobre a morfologia de sociedades humanas específicas, White apresenta em seu livro uma explanação para a evolução da humanidade como um todo. Para ele, a evolução da humanidade, durante o seu trajeto histórico no planeta, caracteriza-se pela capacidade das distintas sociedades, ao longo do tempo, de terem sido capazes de aumentar progressivamente a transferência de energia do meio para a sociedade. Apesar de ser uma proposta muito discutida, seu trabalho ainda continua inspirando vários antropólogos em todo o mundo, sobretudo nos Estados Unidos, na medida em que factualmente seu postulado parece inegável.

Conheça outros livros da Série Walter Neves:

No prelo:

- A origem do significado – uma abordagem paleoantropológica
- Enquanto houver arco-íris
- Quando começamos a enterrar os mortos?

Leia também

Educação Ambiental: princípios e práticas

Genebaldo Freire Dias

Dinâmicas e instrumentação para Educação Ambiental

Genebaldo Freire Dias